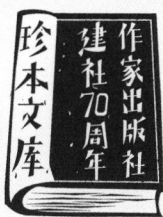

作家出版社
建社70周年
珍本文库

1953 — 2023

作家出版社建社70周年珍本文库

策划 / 鲍 坚 张亚丽

终审 / 颜 慧 王 松 胡 军 方 文

监印 / 扈文建

统筹 / 姬小琴

出 版 说 明

1953年，作家出版社在祖国蒸蒸日上的新气象中成立，至今谱写了70年华彩乐章。时代风起云涌间，中国文学名家力作迭出，流派异彩纷呈，取得的成绩令世人瞩目。作为中国出版事业的中坚力量，作家出版社在经典文学出版、作家队伍建设、文学风气引领等方面成就卓著，用一部部厚重扎实的作品，夯实了新中国文学的根基。为庆祝作家出版社成立70周年，向老一代经典作家致敬，向伟大的文学时代致敬，我们启动"作家出版社建社70周年珍本文库"文学工程，选取部分建社初期作家出版社首次出版的作品重装出版，彰显中国风格、中国气派和文学价值观上的人民立场，共同见证新中国文学事业的勃发和生机。相信这套文库的文学价值和社会意义，将随着时间的推移而日益显示出来。需要说明的是，由于一些原因，未能尽数收录建社初期所有重要作品，我们心存遗憾。衷心感谢中国作家协会、各位作家及作家亲属给予本文库的大力支持。

作家出版社

内容简介：

田间是一位战斗诗人，曾有"时代的鼓手"的美
誉。诗人对新生活充满了真挚的热情，他曾两次
奔赴战火弥漫的朝鲜战场，多次出国访问，还深
入蒙古高原、云贵高原、天山南北、东南沿海等
地，并在河北怀来农村落户，诗集《汽笛》便是
这一时期的代表。他在文字里热情地歌颂战场上
英勇无畏的战士，歌颂为祖国建设贡献力量的人
民，热情讴歌这个伟大的时代。诗歌基调昂扬向
上，给人奋进的力量。

田间

（1916—1985）

诗人。原名童天鉴。安徽无为人。1934年加入中国左翼作家联盟，参加左联刊物《文学丛报》《新诗歌》的编辑工作，主编《每月诗歌》。1937年去日本，不久便回国参加抗日救亡运动。1938年后长期在晋察冀抗战边区工作。新中国成立后任《诗刊》编委、河北省文联主席、《蜜蜂》主编等。主要作品有诗集《未明集》《中国牧歌》《给战斗者》《赶车传》《我的短篇诗选》《天安门赞歌》等。

汽 笛

田间 著

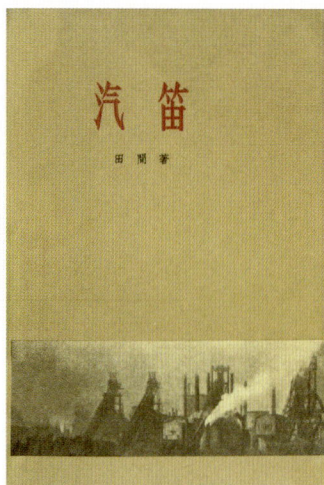

作家出版社 首版封面

《汽笛》

田间 著

作家出版社1956年6月

汽笛

田间 ○ 著

作家出版社

图书在版编目（CIP）数据

汽笛／田间著 . --北京：作家出版社，2023.10
（作家出版社建社 70 周年珍本文库）
ISBN 978 - 7 - 5212 - 2458 - 0

Ⅰ. ①汽… Ⅱ. ①田… Ⅲ. ①诗集 – 中国 – 当代
Ⅳ. ①I227

中国国家版本馆 CIP 数据核字（2023）第 162471 号

汽笛

策　　划：鲍　坚　张亚丽
统　　筹：姬小琴
作　　者：田　间
责任编辑：姬小琴
装帧设计：棱角视觉
出版发行：作家出版社有限公司
社　　址：北京农展馆南里 10 号　　邮　　编：100125
电话传真：86 - 10 - 65067186（发行中心及邮购部）
　　　　　86 - 10 - 65004079（总编室）
E - mail: zuojia@zuojia. net. cn
http: // www. zuojiachubanshe. com
印　　刷：北京盛通印刷股份有限公司
成品尺寸：142 × 210
字　　数：113 千
印　　张：6.5
版　　次：2023 年 10 月第 1 版
印　　次：2023 年 10 月第 1 次印刷
ISBN 978 - 7 - 5212 - 2458 - 0
定　　价：60.00 元

目录

第一辑：祖国颂

第二辑：一位志愿军战士的歌

第三辑：北京—平壤

第四辑：汽笛

第五辑：手鼓，响吧！
——街头诗一束

第六辑：一杆红旗
——长诗

第一辑：祖国颂

给志愿军

——为反对美帝国主义进行细菌战而作

你听见谁在喊？
是祖国，是人民！

你听见谁在喊？
是工厂，是矿山！

你听见谁在喊？
是儿童，是妇女！

你听见谁在喊？
是女工，是农妇！

你听见谁在喊？
是诗人，是歌手！

你听见谁在喊？

是仇恨，是愤怒！

仇恨好比火山，
愤怒好比火山！

强盗、细菌、炸弹，
难挡火山爆发！

我们听见在鸭绿江对岸，
志愿军在回答——

法庭、绞索、惩罚，
在等着杀人犯！

1952 年 4 月 1 日，早晨

给志愿军司令员

请看我的请求信，
我也要参加志愿军。
烈火呵，烧在心上，
这是正义和仇恨。
抓住美国杀人犯，
我来押他进法庭！

1952 年 3 月 31 日

喜信

一

一棵白杨树，
栽在窗户边。
我把窗户推开，
英雄飞到窗前。

是你伴着银燕，
在半空中盘旋。
你从我窗前过，
把笑声留给我。

我再睁眼一看，
英雄霎时不见。
银燕飞在朝鲜，
你呵还在前线。

我要向你敬礼，
你，年轻的燕子，
我听到好消息，
就好像见到你。

二

记得是去年，
我们站在杨树边，
我们订下约会，
胜利了再见面。

祖国给你勇气，
亲人给你信念，
你们光荣出国，
更要胜利而归。

杨树早已长大，
绿叶搭在窗前，
你也成了英雄，
金章挂在胸前。

我希望杨树更绿，
英雄更加光辉，
咱们两个肩并肩，
天安门前相会。

给五月

我们要在花岗石的花瓶里，插下了玫瑰，吐着火焰。

——［保加利亚］斯米尔能斯基

一

我要把我的歌，
唱给五月，红五月。
在这英雄的时代，
五月，红花盛开。

我们共和国的主人、
男女突击队员，
每一时每一刻，
都在突击竞赛。

我们下定了决心，
一定要移山倒海，
还要把钢和铁
堆起来，堆起来。

要用千万吨钢，
铺成一条大街，
要用千万吨铁，
铸成一个世界。

二

——同志，我祝贺你，
　　超额完成计划！

——我自己来看，
　　那还是很差。

——产量增加几倍，
　　一倍还是三倍？

——十倍。这个数字

还是小，不是大。

把祖国的地图，
打开来看看吧。

我们的国家，
这么宽这么大。

我们要好好地
听一听党的话。

——今天是过去了，
再看看明天吧。

三

不要说再等到明天，
祖国已经是花园，
最好的风景画片，
也不能和它相比。

姑娘骑在铁牛上，

她是一个女社员，
眼睛注视着田野，
她用手招来春天。

她的眼呵，发出亮来，
有人说这是喷泉，
她的手呵，摇动起来，
好像是燕子在飞。

她还不到二十岁，
爱人就在她身边，
现在她喜欢的，
是祖国的田野。

四

——姑娘呵，你好！
你会掌握机器。

现在你知道，
怎样来爱土地。

——现在不像往年，
　一亩地一把米。

　你看，人和地，
　生产潜力大哩。

　村子变了，还要
　换一换空气。

　将来我们村里，
　也要像个城市。

——五月，祝贺你，
　我向你敬礼。

　第一群燕子，
　我向你敬礼。

五

不要说再等到明天，
祖国已经是花园，

共和国的突击队，
要走在时间前面。

我们高高的山上，
有了乐队康拜因，
飞吧第一群燕子，
把春天留在身边。

把春天留在身边，
社会主义的鲜花，
要一年胜过一年，
要一天胜过一天。

在青春的树枝上，
我要摘下红的花，
献给劳动的王国，
献给男女突击队员！

1954 年为"五一"劳动节而作

1955 年修订

五一节

无产者的手指，
将要天火似的
掩住世界的咽喉。
——［苏联］马雅可夫斯基

一

戈壁上升起红星，
沙漠上长起青草。

工棚像云彩一样，
盖遍了多少山脉。

谁说它是神话？
这是现实的生活。

昨天是地上的荒原，
今天是地上的财宝。

二

建筑师们，你好！
突击队员，你好！

男女工人，你好！
苏联专家，你好！

工人这个名字，
值得我们自豪。

兄弟们是时候了，
把青春献给祖国。

三

工地上不分昼夜，
红色的灯光金灿灿。

汽笛在催促我们，
步伐要赛过时间——

要叫高山低头，
要叫河水让路。

我们光荣的劳动者，
双手把山岳摇撼。

四

姑娘们戴起花来，
你的双手是花环。

祖国的城镇都是花，
要叫它开得更好看。

共产党一声呼唤，
祖国要一日千里——

石油要流成黄河，
钢铁要堆成泰山。

1954 年"五一"劳动节

给钢都——鞍山

一

鞍山，我看见了你，
你向我伸着手臂。

可惜我坐在车上，
不能留在你身边。

鞍山，祖国的骄子，
电光照亮了田园。

不论是白天和黑夜，
祖国呵，金光闪闪。

二

我还要再去看你，
要留在你的身边。

要和你最高的烟囱，
并立着，肩并着肩。

你的火焰，它就是——
我们的笔和心扉。

我们要把火焰高高举起，
写成共产主义的诗篇。

三

鞍山，如林的烟囱，
你是祖国的手臂。

祖国在要求你，
把手臂伸得更远。

淮河将要感激你，
你把钢管送到淮河。

草原要向你致意，
你把机器送到草原。

1954 年"五一"劳动节前夕

祖国颂

一

祖国，青的天空
和黄金似的国土，
已经独立自由，
已经拨开云雾。

这是灿烂的时日，
毛泽东画好蓝图；
祖国呵，我们欢呼，
光荣地奔上大路！

二

新的宪法在照耀
我们伟大的民族，
在金红的大柱上，
挂着钢铁似的字句。

全国是这样欢腾，
决心要走一条路，
要建设社会主义，
使劳动更有价值。

三

祖国呵，你的山石，
也在轰然作响，
万山丛中，淮河岸上，
我们有了大水库。

在辽阔的国土上，
是谁在摇动山石？

不是狂风，不是暴雨，
是劳动者的脚步。

四

我们的山上，湖畔，
高唱着建设的歌，
这歌声胜过宝石，
拿来宝石也不换。

祖国呵，在你的大地上，
有最伟大的财富，
它名叫勇敢勤劳，
这是不朽的荣誉。

五

祖国呵，你的人民，
是六万万，
为了祖国的前程，

要尽光荣的天职。

要把共和国的旗帜，
更高更高地举起；
看吧，在大陆上，
升起了一轮红日！

1954 年 6 月 17 日

给祖国

——读"中华人民共和国宪法草案"后作

一

我们的家住在丛林，
岩石荆棘就是大门；
我们是人，岩石压着我们，
脊背上，挂满了血痕。

荆棘丛里，岩石下面，
葬过儿子，埋过父亲，
可是在这块岩石上，
也不准写我们的姓名。

我们是人民，
身上血汗滚滚，
数不清的血汗，

变成山河城镇。

祖国呵，祖国，
你可认得人民，
人民在你身边，
喊过你几万次——

祖国，你甘心
丢下你的人民？
在荒山上为何
没有一盏明灯？

茅屋和门槛，
也快要坍塌；
呵，祖国你在哪儿？
我们在问，在喊！

祖国，祖国你在哪儿，
我们是人，我们要追问；
难道岩石就是法律，
我们是人，我们要追问。

祖国也回答过我们：
——起来，孩子！起来，人民！

岩石它不但压着你们，
它也挡着我的路程。

二

我们成天赶着羊群，
嘴里吹着一支竹笛；
一支短笛伴着风声，
风呵，给我们问个消息。

在哪儿有一种法律，
人民，比什么都要尊贵？
在哪儿有一种条例，
重新创造一个大地？

当我们把岩石推倒，
党和毛主席这样说：
——你们是人民，你们是战士，
你们站的地方是祖国。

岩石上面有了姓名，
用钢铁刻的字：人民！

现在呵，人民的血汗，
写成了祖国新的宪法！

现在，我们伴着汽笛，
响在城郊，响在边疆，
我们迈开了大步，
把祖国举在手上。

社会主义一条大路，
写在我们的宪法上。
祖国，我们伸着手呵，
正在开采油田、铁矿。

党和毛主席在召唤：
——往前走！往前走！
再过五年、再过十年，
荒山上面也要丰收。

到那时候，就是草木，
也要歌唱和平、自由。
前面是光明大路，
——往前走！往前走！

1954 年 6 月 18 日

一月十五日下午

一

鼓声昼夜不停，
伴着我们欢呼。
大进军的信号，
响在广场、街头。
这咚咚的响声，
在为青春弹奏。
青春呵，骑着铁牛，
大踏步来到首都。

二

每一家，每一户，

挂上了红绸彩布。
火样红的街上，
街上响起爆竹。
北京呵，你这古城，
向世界上宣布：
——我们万里长征，
　　又跨进了一步。

三

在这青春的海上，
在这历史的节日，
伟大的毛泽东，
登上城楼，举起了手；
呵，沸腾的群众，
如同狂风暴雨，
从天安门前走过，
舞着狮子，摇着花朵。

四

北京呵，你这古城，
站在风暴最前列，
挺起雄伟的躯干，
戴上光荣的桂冠；
登上一座高峰，
揭开一个序幕，
披着灿烂的朝霞，
欢歌狂舞！狂舞！

五

看一行行的少女，
手上高举着花球。
花球——那样金红，
衣裳——那样碧绿。
她们好像是春风，
比春风还要和暖；
她们好像是飞鸟，
比飞鸟还要自由。

六

呵，革命的风暴，
带来青春、幸福。
共产党是旗手，
打开幸福的门户。
在一个大家庭里，
我们六亿人口，
——大家集体劳动，
　　大家共同富裕。

七

中华人民共和国，
像磐石一样巩固，
社会主义，已经是
人民现实的画图。
我们迎接大风暴，
发出豪壮的欢呼。
全世界都听到，
我们进军的脚步。

八

欢呼吧，兄弟、朋友，
百尺竿头再上一步。
让第一个五年计划，
超过时间的速度。
来呵，来呵，鼓手们，
在首都的广场上，
——放上集体化
　　第一块碑石！

1956 年 1 月 19 日，为北京市庆祝社会主义改造胜利联欢大会而作

第二辑：一位志愿军战士的歌

鸭绿江之歌

一

再见吧，鸭绿江，
我要出边疆。
再见吧，狂风大浪，
我要告别家乡。

我呵，收起渔网，
桅杆留在船上；
让我的身影，
伴着你，波浪。

看，巨大的铁桥，
横跨在国境上；
战场就在对岸，
前线就在身旁。

你呵，鸭绿江，
碧绿的浪涛，
愿你奔腾欢唱，
愿你年久日长。

你呵，鸭绿江，
掀起狂风大浪。

复仇的大军，
穿过了桥梁。

这是第一次，
人民远离祖国。

人民枪声一响，
祖国万世辉煌！

二

鸭绿江前，
志愿军枪声响；

鸭绿江后，
祖国建设忙。

我们家乡的水，
决不能让侵略者
用嘴来喝一口，
用刀把它刺伤。

看，鸭绿江上，
今天光芒万丈，
祖国的儿女，
争着上前方。

我们英勇出国，
更要胜利还乡；
志愿军的好姓名，
要写在凯旋门上。

你呵，鸭绿江，
送我出边疆。

当我跨上铁桥，
回过头来一望——

祖国的灯光，
是多么明亮。

再见吧，鸭绿江，
我要和你共存亡！

1951 年 9 月

老人之歌

这一天天刚明，
有一位好老人，
是他把桥架好，
在桥上叫我们。

穿白衣的老人，
他很像我的父亲，
头上的白头发，
好像天上的白云。

穿白衣的老人，
他把锄头放下，
他紧紧地抱住我，
脸上热泪滚滚——

"我有一个儿子，
儿子已经牺牲，

现在我的亲人，

就是你——志愿军！"

1951 年 9 月

雷之歌

暴雨打在路上，
雷声响在路上，
在狂风暴雨中，
幼儿叫着亲娘。

幼儿叫着亲娘，
亲娘已经被炸伤，
强盗的炸弹片，
穿进她的胸膛。

幼儿叫着亲娘，
抚着母亲的胸膛，
暴雨打在路上，
雷声响在路上。

小兄弟的哭叫，
好比雷声一样，

震动了我的心，
我的心像雷响。

我眼里含着泪，
我把孩子抱上，
我一手抱着孩子，
又一手举起枪。

我的心像雷响，
心上冒起火光，
在狂风暴雨中，
我奔向前方！

1951 年 9 月

草舍之歌

一

英雄志愿军，
卧在草舍边；
哪怕雪来打，
哪怕风来吹！

一辆辆炮车，
停在窗户前面；
一支支步枪，
紧靠着屋檐。

志愿军是铁汉，
不怕苦不怕累；
渴了，一把雪，
饿了，一把炒面。

身上呵是雪片，
心中呵是火焰；
在冰天雪地中，
复仇的人是剑。

二

英雄志愿军，
卧在草舍边，
千里来征战，
军衣早已磨碎。

废墟在身旁，
火海在前面；
命令一到，
马上奔赴前线。

再见，阿妈妮，
再见，草舍。
人民有了艰险，
我们视死如归。

在一片废墟上，
我们奔向前。
迎着风披着雪，
我们奔向前。

1951 年 9 月

母亲之歌

一

敌机飞在头上，
炸弹落在村旁。

她呵，跨过炸弹坑，
把种子慢慢撒上。

阿妈妮，母亲，
身上披着火光。

手指像铁一样，
伸在火的海上。

二

——阿妈妮，歇一歇，
　我来帮你的忙。

——孩子呵，志愿军，
　我也是一个人。

　我不怕死，死了，
　我也站在地上。

　我爱我的土地，
　要像种子一样。

三

难道她没有痛苦？
不，两眼早已干枯。

眼里还有一滴水，
还有最后一颗泪珠。

沿着田垄，她走着，
她走着，默默无语。

最后的一颗眼泪，
滚下来拌着泥土。

四

阿妈妮一步一步，
穿过弥漫的烟雾。

一个大的竹筐，
系在围腰上头。

她呵，一把又一把，
不停地挥着双手。

在一片废墟上，
种子撒进了泥土。

1951 年 9 月

复仇之歌

一

在高山的绝壁，
他像一支火箭；
一次连着一次，
他和敌人决战。

这时候，他的身上，
身上挂着火焰；
仇恨燃烧起来，
他把敌人打退！

那呼啸的炮弹，
已经把岩石炸碎。
可是在阵地上，
勇士就是堡垒。

壕沟上，刺刀闪闪，
勇士守在高山巅。
他要把誓言，
写在高山前面。

二

在高山的绝壁，
炮弹把岩石摧毁。
勇士举起石块，
向敌人砍杀，射击。

"我是一个共产党员，
永远站在前线。
岩石呵你被打碎，
共产党员，万岁！"

子弹早已打完，
步枪裂成几片。
他的身上火焰腾腾，
他的手上血迹斑斑。

勇士呵，他跳起，
炸药抱在手上，
他跳下悬崖绝壁，
一支火箭冲向前！

1951 年 9 月

白云山之歌

我一手把荆棘扶，
又一手把悬崖攀，
志愿军英雄汉，
要登上白云山。

高高的白云山，
吓不倒英雄汉，
英雄呵志愿军，
比高山还要高。

哪怕山上的风雪，
刮破了我的脸！
哪怕山上的荆棘，
挂破我的衣衫！

白云山，我的血汗，
甘心流在朝鲜，

我站在白云山上，
我要坚守白云山！

1951 年 9 月

兄弟之歌

一

对强盗，钢刀砍，
对亲人，好心攀。

中朝兄弟心连着心，
守着一座高山。

在一个阵地上，
壕沟连着壕沟。

不分艰苦，不分你我，
同生死，共患难。

二

对敌人，钢刀砍，
对朋友，好心攀。

两个兄弟一座高山，
血汗连着血汗。

枪弹成千，炮弹成万，
也不能把他们拆散。

高山上金达莱花，
日日夜夜开在人间。

1951 年 9 月

金日成之歌

一

挂上吧我的白帆，
撒开吧我的渔网。
故乡，我回来了，
我要歌唱一位大将——

长白山呵好地方，
金日成到过山上，
他，肩靠着长白山，
他，手扶着鸭绿江。

他也坐过我的木船，
他为我们打过仗；
我的船上站着他——
一位年轻的大将。

中国朝鲜两个国家，
共着一条江水；
金日成，他和我们，
共着一座桥梁。

二

在茅屋里，他生下，
在森林里，他成长；
不论他站在哪里，
忘不了人民和党。

他，肩靠着长白山，
他，手扶着鸭绿江；
游击队员和他站在一起，
把枪尖指向平壤。

高山上的黄土，
挂在他的背后；
汹涌的浪花，
在他心上奔流。

他和人民站在一起，
把朝鲜的铁链打断。
三千万人民的自由，
谁也不能把它抢走！

三

美国侵略者，
抢占三八线，
亡国奴李承晚，
炮弹打进平壤。

大将金日成，
命令如山倒，
高呼着同志，
不惜牺牲，反抗！

朝鲜的儿女，
奔在火海上，
洒下血，流下泪，
反抗！——反抗！

中国的志愿军，
去支援他们，
排山倒海一样，
走上朝鲜战场。

四

我是一个志愿军，
我的家住在江上；
大将呵他和我们，
比一家人还要亲。

我看见对面岸上——
在狂风暴雨里，
一颗红星射着金光，
永远望着鸭绿江。

我们一同喝过
鸭绿江里的水；
我们又在共饮
大同江的波浪。

船呀，船呀，我的船，
扬起你的白布帆！
让中朝两国的友谊，
比山更高，比水更长！

1951 年 9 月

第三辑：北京—平壤

给一千死者

一

碧绿的松林呵，
我要问一问你，
"我的兄弟姊妹，
怎么死在山边？"

一阵大风吹来，
松林在回答我——

"是强盗把他们
赶到壕沟里面，
是强盗用机枪，
沿着壕沟来扫射。"

二

兄弟呵，姊妹呵！
我们相隔是千里，
千里路不算远，
我走到你的坟前。

我站在你的坟前，
眼里滚出热泪，
可是呵，不久，
眼泪就成了火焰。

三

兄弟呵，姊妹呵！
我是从中国来的，
渡过了鸭绿江，
我来向你们悼念。

我是从中国来的，
我们来到了朝鲜，

要把鲜血捧起，
铸成复仇的剑！

1951 年 9 月

给一位女郎

一

在一棵大树旁，
强盗叫你歌唱，
女郎你宁肯死，
不向敌人投降。

美国强盗，强盗，
把你挂在树上，
用火烧死了你，
你死也不投降。

二

当我走到树旁，
我听见你在歌唱，
歌声冲出坟墓，
好像号角一样。

当我走到树旁，
我听见你在歌唱，
这支歌叫"反抗"，
传遍你的故乡。

三

女郎，朝鲜女郎，
我想把一架琴，
放在这棵大树旁，
放在你的墓上。

我要为你弹琴，
我要伴你歌唱，

在你的歌声中，
高举复仇刀枪！

1951 年 6 月

松林曲

一

在敌人刺刀下，
宁流血，不流泪。

游击队，游击队，
坚守在高山边。

战士射着枪弹，
冲过悬崖绝壁。

在敌人刺刀下，
宁流血，不流泪。

二

密密的松林里，
战士筑起堡垒。

穿过悬崖绝壁，
金日成来了信：

——"游击队，我告诉你，
　祖国呵，在你身边。"

——"游击队，我告诉你，
　我也站在你身边。"

三

在敌人刺刀下，
宁流血，不流泪。

人民军的号令，
号令传到山前。

游击队员把枪举起，
突然热泪涌现：

——"朝鲜万岁！
　　人民军万岁！"

1951 年 6 月

赠勇士

一

你呵，勇士！
掩埋了亲人，
揩干了眼泪，
抬起头前进！

你呵，勇士！
抬起头前进，
誓死留下美名，
决不吞下仇恨！

二

你呵，勇士！
复仇的雷霆，
穿过了松林，
呼唤着人民！

风雪盖着大地，
枪炮日夜轰鸣；
你呵，勇士！
抬起头前进！

三

勇士的决心，
打败了敌人；
胜利的是你们，
死亡的是敌人。

胜利的是你们，
死亡的是敌人；

你呵，勇士！
抬起头前进！

1951 年 6 月

牡丹峰上短歌

一棵万年松，
立在牡丹峰；
青青的枝叶，
伸到我手中。

万年松欢迎我，
我祝贺万年松；
我们早已相识，
今天山上相逢。

让我们的友谊，
像你
我要攀着枝叶，
对你高声歌颂。

迎面吹来春风，
樱花呵枝枝红；

牡丹峰，牡丹峰，
美丽呵又英勇！

1951 年 6 月

再见，平壤！

一

英雄的城，平壤！
再见了呵，再见！

当我坐上卡车，
我还在望着你。

我记得有一天，
飞来九架敌机。

敌机在上空飞，
它在轰炸扫射。

这时候电线杆上，
工人在接电线。

敌机轰炸扫射，
他好像没看见！

不是他没看见，
是他要保卫你。

不是他不怕死，
为你死他心甘情愿！

二

又有一天我听见——
街上唱起歌曲。

要问歌曲哪里来？
来自破墙残壁。

就在这条街上，
门窗早已炸毁。

被炸毁的门窗，

旗子仍然在飘扬。

在这里我看见
不是你的眼泪。

在这里我看见
是你英勇不屈。

那复仇的号令，
每一天，每一夜，
从破墙残壁上，
接连不断飞往前线。

平壤啊，请让我
称你是好兄弟。
平壤呵，英雄的城，
我们再见，再见！

当我和你告别，
你是欢笑满脸，
哪知我这眼里，
倒流下了泪水。

平壤呵，英雄的城，

我相信会有一天，
全世界的兄弟，
要给你开庆祝大会！

1951 年 9 月

给一位将军

一

当敌人炮轰板门店，
板门店烟雾弥漫。

板门店和平的帐篷，
帐篷上也溅着血斑。

你的手拦住大炮，
你的话胜过炸弹。

——人民军、志愿军，
　和你一同呐喊。

二

板门店和平的帐篷，
屹立着如一座高山。

大将和人民一个步伐，
跨进和平的门槛。

我们和平的步伐，
已经把世界震撼：

——不准大炮叫嚣，
　要让和平呐喊！

1953 年 7 月 20 日读"南日大将的声明"后作

给一位母亲

让我们的友谊，
如翠竹之常青！
　　　—— 一位朝鲜朋友的话

一

我的阿妈妮，我还记得：
有三棵血染的树[1]，
它直直地、青青地
长在一个小的山坡。

和平的树，自由的树，

---

1. 在这三棵树的地方，美李匪帮谋杀了和平战士姚庆祥排长。详细的经过，请参看拙作《板门店纪事》。

布谷鸟盘旋在枝头，
它殷勤地飞来飞去，
高声叫着和平、自由。

志愿军战士远离祖国，
远离自己的乡土，
在这儿洒下了血珠，
留在朝鲜当作雨露。

阿妈妮你提着一把壶，
要把泉水送给炮手，
你在树下站了很久，
直到月亮升上山头。

二

阿妈妮，雪白的影子，
站在山上扶着栗树；
虽然你呵，伤痕遍体，
但是没有一点畏惧。

坚强的人永不屈服，

三棵树下有一道壕沟；
这儿就是一道防线，
你呵，站在防线上头。

你的对面是野战工事，
是敌人的刺刀和钢盔；
刺刀在指着阿妈妮，
相隔是一条砂川河[1]。

可是在你的背后有平壤，
还有北京和莫斯科。
母亲你呵，招着手，
和我们一起唱着战歌——

三

——炮兵，装上炮弹，
　　为了母亲，射击！

---

1. 美李匪帮的这个野战工事，盘踞在砂川河对岸某一个小山上。整个工事的周围，一共有四道铁丝网。在铁丝网的中间，埋着大量的地雷。

——对准八六·九高地，
　　为了兄弟，射击[1]！

我们无比的火力，
摧毁了敌人掩体。

冲锋开始了，步兵
也攻打到最前沿。

那儿有铁丝网，
砍断它！推倒它！

那儿埋着地雷，
把地雷抱起来！

喇叭齐鸣，排炮轰射，
工事都被摧毁。

我们奔进突破口，
占领了那制高点。

---

1. 这一次战斗，炮兵和步兵配合得很好。从攻击开始，不到一个小时，
　敌人的阵地全部被占领。敌人的一个中队队部和两个排，除少数逃走
　的以外，也全部被歼灭。在战斗进行中，志愿军战士高喊复仇、保卫
　和平的口号。

母亲，你的名字，
是和平与自由；
兄弟，你的事业，
永远光荣不朽！

四

砂川河边，山坡上面，
有三棵血染的树；
树呵，朝鲜的树呵，
春天一到，枝叶繁茂。

布谷鸟一声声叫唤，
它殷勤地飞在枝头；
阿妈妮，坚强的脚步，
走到树边，狂歌欢舞。

伽耶琴手铮铮弹奏，
凶手终于当了俘虏。
人民的仇恨和痛苦，
也会有终了的时候。

阿妈妮，在你的身旁，
砂川河上站着炮手；
在你的背后是平壤，
还有北京和莫斯科。

五

阿妈妮，我想问一问你，
你的家还住在松谷里？
在这儿在砂川河边，
我们和你一同作过战。

阿妈妮，我好像看见你，
常常站在三棵树下，
常常抬起了你的脸，
你呵，你还在望着谁？

是敌人踏上了河岸？
是子弹打进了草舍？
母亲，只要你喊我们一声，
我们立刻奔上前线！

是树枝又摇动了吗？
是枪声又响在河边？
母亲，只要你喊我们一声，
我们立刻奔到你的身边！

1954 年春天写

1955 年改写

寄板门店

一

隔着重重的山巅，
我在望着板门店。

枪火已经停息，
大炮正在撤退。

板门店的帐篷上，
烟雾消散，曙光出现。

万岁，和平！万岁，人类！
万岁，光荣的板门店！

二

暴风雨呵刚刚过去，
青的天空还有闪电。

帐篷上血迹还在，
它的颜色还没有变。

板门店，和平的门，
时时刻刻要保卫。

吹吧，和平的号角，
你要在全世界响遍！

1953 年 7 月

寄战士

一

枪弹打穿了草舍，
鲜血染红了岩壁。

朝鲜，有人在问你，
你为何英勇不屈？

岩壁上面，烟雾当中，
白鸽飞去又飞回。

朝鲜，有人在问你，
你为何英勇不屈？

二

战士手扶着岩壁，
是他在回答我们：

——这古老的岩壁，
　　是英雄的血迹！

战士站在岩壁上，
是他在回答我们：

——这洁白的鸽子，
　　是母亲的眼泪。

三

谁不知道在三八线上，
美国侵略者打第一枪；
殷红的岩壁上面，
弹痕密得像蛛网。

多少婴儿和老人，
在枪弹下面死亡；
热泪呵化成白鸽，
鲜血呵积成山岗。

四

阿妈妮洁白的衣衫，
衣衫上堆着血痕；
阿妈妮污黑的围裙，
围裙上挂着火星。

可是她呵，她的手上，
拿着一枝迎春花，
一步一步跨过弹坑，
迎接中国志愿军。

五

中国朝鲜两个国家，

是一个大家庭。
在世界上站起来，
这是两个巨人。

兄弟们流下热血，
滴在一块岩壁上；
兄弟们肩并肩，
吹着一个号音。

六

在这个岩壁前面，
强盗们已经败退；
它们的坦克被击毁，
铁片也变成了污泥。

兄弟们扬起手臂，
我们是所向无敌；
三八线英雄的堡垒，
任何敌人都摧不毁！

七

枪火已经停息，
朝霞照着岩壁。
岩壁越来越高，
它是巨人的手臂。

多少血汗，滚滚而下，
在这儿英勇反击。
看吧，有多少脚印，
永远刻上了岩壁。

八

你呵，战士！你呵，巨人！
高高站在岩壁之上，
是你把老人扶起，
是你把婴儿唤醒。

站起来吧，孩子！
听一听胜利的号音！

站起来吧，母亲！
听一听英雄的笑声！

九

我是和平的歌者，
寄给你：欢乐的心。

请把它系在白鸽上，
让它做一颗铜铃。

我也到过三八线，
我曾经看见你们；

宁肯把鲜血流尽，
决不肯丧失和平。

一〇

和平，和平的门，

不是石头铺成。

和平的门是生命，
生命刻成了花纹。

不可侵犯的兄弟，
永远站在岩壁上；

朗朗地发出笑声，
吹起雄壮的号音！

1953 年 7 月

北京—平壤

在这世界的东方，
怀仁堂灯火辉煌。

怀仁堂万盏灯火，
照耀世界的东方。

毛主席和金首相，
相会在一个地方。

一双巨手紧紧相握，
它好像是一座桥梁。

这是不朽的桥梁，
横跨在巨流之上。

它搭在鸭绿江上，
也搭在我们心上。

多少英勇的战士，
在桥上来来往往；

从平壤来到北京，
从北京奔向平壤。

平壤—北京，北京—平壤，
两个地方，一个理想。

这理想已是巨浪，
汹涌奔流在东方！

第四辑：汽笛

汽笛

一

飞鸟停在枝头
天空含着泪水
导师啊斯大林
此刻已经长眠

此刻他的影子
和大地连成一片
此刻他的脚步
停在高峰之巅

二

工厂、矿山、轮船
全世界上的汽笛
汽笛一声长啸
萦绕在我们身边

它在空中长鸣
它在空中疾飞
劳动者，集合吧
让它鸣得更响，更远……

三

这是什么声音
是我们的宣言

这是什么声音
是我们的信念

劳动者，联合起来

建设我们的王国

劳动者，联合起来
燃起金色的火焰

四

世界上有座高峰
名字叫共产主义

党要引导我们
攀登到高峰上

我们鸣响汽笛
我们一致高呼

劳动王国万岁
社会主义万岁[1]

---

1. 这两句话，斯大林同志在《五一万岁》的文章里说过。原文见《斯大林全集》中文版第二卷。

五

飞鸟停在枝头
天空含着泪水
我们望着红场
呼唤着斯大林

在哪儿我们再见
在哪儿我们相会
我们还在望着他
要和他再见一面

六

他巨大的身影
仍然站在前线
钢铁似的大军
走在他的身边

听斯大林的声音
和汽笛响成一片

要想去看斯大林

到高峰上和他再见

1953 年 3 月 9 日，斯大林安葬日初稿

1954 年 3 月，二次稿

我是和平的歌者

——给莫斯科

一

我是和平的歌者，
莫斯科在我心上；
我的名字叫：人民，
我的头顶着太阳。

我有和平的火炬，
火炬在我的手上；
我的手扶着大陆，
我的眼望着海洋。

二

莫斯科给我以理想，
我为和平终身歌唱；
英勇的歌伴着火炬，
照着大陆，照着海洋。

在大陆上，在海洋上，
和平是法则，是信仰：
——岩石要雕成白鸽，
　　高山要刻成画廊。

三

莫斯科，和平的故乡，
我如同站在你的身旁；
在亚洲和平的地方，
我的歌声快乐、明亮。

那些被压迫的民族，
请听我歌者的歌唱——

在你们痛苦的心上，

要把泪水点起火光！

1953 年，世界和平大会在维也纳召开的时候，应《真理报》之约而作

守住篱笆！

——给越南

啊，苍翠的竹林，
是越南人的家；
绿的竹枝、竹叶，
枝叶编成了篱笆。

英勇的越南人，
立在竹林旁边；
他在唤着白鸽，
飞上他的篱笆。

篱笆——和平的墙，
和平的墙——篱笆；
法国侵略者，你的脚步，
越南人不许你跨过它！

枪支，在篱笆上，

壕沟，在篱笆下，
胡志明在号召：
——同志，守住篱笆！

啊，苍翠的竹林，
是自由的国境；
我们也在欢呼，
你的枝叶常青。

有的人虽然牺牲，
篱笆上留下身影；
他不朽的姓名，
永远伴着竹林。

侵略者已在败退，
越南人奔腾向前；
号笛在山头上响，
鸽子在篱笆上飞……

越南！全世界已经听到：
你的笑，你的话——
只有热爱祖国的人，
祖国才能够爱他！

1954 年 5 月，闻越南人民军打下奠边府后作

给美洲

一

向着大海的彼岸，
我在瞭望着美洲；
那儿有一个栅栏，
插在美洲的门口。

在黑暗的天空下，
云彩也戴上枷锁；
啊，美洲，你知道吗，
哪儿是你的自由？

二

纵然美国是个铁牢，
自由也要奔出窗口；
太阳在另一个美洲，
在和平战士的肩头。

我是一个中国人，
也记得美洲的诗句；
但是白宫的屠夫，
把《草叶集》当成毒酒。

三

我——惠特曼的读者，
深爱那和平的草叶；
美洲在你的绿叶上，
不要再洒一滴鲜血。

我们和平的歌者，
友谊的手挽着美洲；

美洲，让你的人民，

赶快把栅栏打断！

1953 年—1954 年

给克罗什城

朋友，那是风声吗？
不是，是人民在歌唱。
鼓乐热情地交响，
使客人多么欢畅。

呵，克罗什城的鼓乐，
歌唱了工人阶级；
自由是拿血换来的，
光荣是拿手扶起的。

朋友，那是天上的星吗？
不是，是灯的海洋。
它好像挂在天上，
它比星星更明亮。

呵，克罗什城的灯光，
从地上升到天上；

我看到它的外表，
也看到它的理想。

克罗什像一个尖兵，
它打败过土耳其人；
城墙上、碉堡上，
光荣仍然在发亮。

克罗什像一个少年，
它赶走了一切黑暗，
让青春住在城里，
让人民自由歌唱。

歌唱吧，罗马尼亚兄弟，
你是快乐而又健康。
你的朋友很多很多，
裴多菲也在这儿住过 [1]。

克罗什，古老的城市，
它的诗人对我这样讲：

---

1. 1847 年，匈牙利诗人裴多菲和他的爱人，曾经在罗马尼亚克罗什城里
   住过，生活过一个时期。他住的地方，是阿弗拉曼大街，是一座两层
   楼的小楼房。楼房前面，长着几棵槐树。罗马尼亚的人民，为了纪念
   他，在这座楼房的墙壁上面，写下他住在这里的年、月、日。

——人民有了天堂，

　黑夜也要歌唱！

1954 年 9 月 1 日晚间，从山上回来后应《星》杂志之约而作

给黑海

——并纪念保加利亚的革命英雄、诗人波特夫

一

海呵你有一个诗人，
名字叫波特夫。

波特夫在站着，
肩上飘着旗帜。

这奔腾的浪涛，
如同他的眼珠。

巴尔干的树木，
如同他的胡须。

二

海呵你的身边，
有一条多瑙河。

战士举起旗子，
从你身边走过。[1]

他在这里掷下头颅，
唱完了他的歌。

波特夫，他的歌，
就是枪弹和自由。

三

在这黑海的岸上，

---

1. 1876 年 5 月 1 日，波特夫同志在罗马尼亚境内，组织了一支革命的义
   勇队，开上奥国轮船"拉特茨基号"。在半途中登陆，部队进入了他们
   的祖国保加利亚国土，在距离多瑙河不远的一个地方，和当时的野蛮
   侵略者土耳其军队打了几天。五月二十日（旧历）波特夫中了敌人的
   枪弹，英勇牺牲。当时他是二十八岁。他的短促的一生，却是我们永
   远要歌唱的一首英勇的歌、青春的歌。

我为什么要歌唱？

保加利亚条条山谷，
都像果木园子一样。

战士明亮的眼瞳，
它和这大海相仿。

巴尔干的层层山峰，
已经是铁壁铜墙。

四

你呵黑海，你呵波浪，
浪花拍在海岸上。

波浪上飞起海鸥，
海鸥在自由飞翔。

我希望驾着海鸥，
举起巴尔干歌唱：

——巴尔干的山谷，
    正在百花齐放。

1954 年 9 月中旬，写于黑海岸上

给列宁冶金工厂

一

我看见成排的烟囱，
比山顶上的树还高。

在这保加利亚的深山，
烟囱也好，树木也好。

树木和烟囱并立一排，
它们仿佛是互相竞赛。

保加利亚呵，我问你——
你愿意谁做胜利者？

二

一位工人答复了我，
这两样东西他都喜爱。

不必多说，他更喜欢，
工厂里伟大的事业。

当他第一次走进工厂，
眼里的泪珠滚了下来；

——在这保加利亚的深山，
有什么比冶金工厂更可爱？

三

十年以前这块地方，
深山里是多么荒凉。

他的父亲和他自己，
曾经在这儿放过羊。

当时他最好的梦想，
只希望有一个牧场。

哪里想到有一个工厂，
它建设得像城市一样。

四

山中的小鸟飞上围墙，
小鸟和汽笛争相歌唱。

也许有人还要来问，
谁的歌声唱得最响亮？

工厂的主人，我要请你，
不忙回答这一个问题。

从中国来的一位朋友，
想说一说自己的印象。

1954 年 12 月 2 日，写于索非亚

在巴尔干山上

——给保加利亚

万千灯火照着我，
在万千的山谷中。

我呵也是一盏灯，
伴着英雄，照着花丛。

巴尔干你的山谷，
不再是血泊殷红。

我的弟兄快乐繁荣，
鼓乐咚咚，登上高峰！

1954 年 9 月 25 日，写于普洛夫迪夫山顶公园

第五辑：手鼓，响吧！

——街头诗一束

手鼓，响吧！

我们的民族，抬起了头，在红星之下，打着手鼓。

——乌孜别克族巴喀扎姆的话

手鼓，响吧！响吧！
草原上要开花。

咱们住在红星下，
贫农中农是一家。

党的声音响到帐篷，
送来毛主席的指示。

咱们千百双手，回答毛主席：
——欢迎农业合作化！

贫农，直起腰杆!

社，是咱们的家，
党，指引咱们的路。

贫农是一根大柱，
要把大厦好好撑住!

社，幸福的果树

社呵，幸福的果树，
决不能让敌人偷去。

树枝下面每一块土，
也不能让他们玷污。

女社员

俺村子上有位姑娘，
性格豪爽，笑声叮当。
生下她的是村庄，
把她养大的是党。
她呵，笑声叮当，
双手和马达合唱。
她呵，一身红的衣裳，
像太阳刚刚升上。
社长问过她："女工人，
——你要学哪一行？"
她回答："要学安格林娜，
——把双手，
　　献给母亲——村庄！"

和单干户的对话

他有一张耕犁，
他有一条耕牛；
他说："朋友，咱们比一比，
看谁的收成多？"

我说："我是一个贫农，
我有的是一双手；
我呀，参加了社，
比你多收了几斗。"

和鸟的对话

我听见风对我说过，
村里来了一位歌手。

不错。它叫拖拉机，
它爱和平，也爱泥土。

青年呵，我请问你：
你还要我再飞来不？

可以。希望你来伴奏，
来唱一首新的歌。

给农村中的某些人

我们农村中，自土地改革后，有些人有自满情绪。
有这种思想的人，实在是井底下的蛤蟆，眼界太小。
　　　　　　　——李顺达：《一个农民的苏联游记》

河边的一棵小树，
风一吹就会折断。

高山上的大森林，
不怕狂风和暴雨。

朋友，我们要记住，
毛主席这样说过：
　　"除了社会主义，
　　　再无别的出路。"

读毛主席的著作

请你不要迷信，
你也不要空想；
天上没有珠宝，
山上没有仙草。

幸福的门是在地上，
它要你自己去寻找；
它的钥匙在哪里？
读一读毛主席的著作！

祝丰收

好呵！灿烂的金山，
在农业合作社的门口。

金的山上，还有三棵——
直立的铁的大树。

那是三个青年突击手，
比铁更强，比树更年轻。

他们说："不自私，不保守，
集体互助，年年丰收！"

1955 年 11 月

大进军

敲呀，鼓呵！青春的鼓，
来自四面八方。

在时间的海上，
我们乘风破浪。

街上鼓声咚咚，
空中鞭炮交响。

合作化大波大浪，
奔向四面八方。

给一支大军

带上农具和牲口，
我们走进高级社。

这条街，那块土，
再也不说他和我。

——集体劳动，
　按劳取酬。

我们幸福的源泉，
要比大海宽几万公尺。

给来自郊区的农妇

你呵，辛勤的农妇，
戴上赤红的花球。

迈着大步走进城来，
——看，我也是先进工作者。

你呵，有一朵花球，
你还有一顶桂冠。

桂冠是：社会主义，
它使人年轻，幸福。

挂上我的红布

我把这短促的诗句，
献给你光荣的首都。
这是我的一幅红布，
我要把它挂在街头。
在它的上面喷着火花，
向每一个市民欢呼：
祝贺你们双喜临门，
集体劳动，大家富裕！

1956 年 1 月 17 日

和平的武器

我们要听党的话，
拿起和平的武器！

——要指挥风和水，
　　要命令雷和电。

双铧犁，会把泥土
翻成肥沃的良田。
（双铧犁呵，它胜过
帝国主义的刀剑。）

在新的阵地上，劳动者
要站在第一线。

为千斤乡写的话

马克思主义者说过，
物质就是力量。

电气化的日子，
会出在千斤乡。

千斤乡，请你们，
做好准备工作，准备：

迎接机械化，
架设电线网。

水的问题

为了天年不干，
我们不怕流汗。

拿一滴汗换一瓢水，
这不会是空谈。

我们决心建设，
千万个蓄水站。

一千五百字

不识字的人呵，
只有一把铁锨。

如果你下定决心，
要识一千五百字；

不但你的眼睛，
格外明亮起来，

你还能够拿到，
一把金的钥匙。

寸木一钉

请看呵，长城万里，
是无数的砖石垒成。

寸木一钉，也能做
共和国的一颗星。

社会主义有一条原则，
要有产品也要节省。

决不能浪费资金，
时间和寸木一钉。

关于保守主义

让保守主义者
去闭门造车吗？

一座石头山上，
新栽的树也发了芽。

社会主义在山上，
也要安家，要住下。

请保守主义者
把望远镜带上吧。

不同的时间表

有的人，头上白发苍苍，
他还是站在老地方。
有的人，在一天之内，
他攀过几道山崖，
在那深山老林里，
发现了一座宝藏。

1956 年 1 月 27 日

给青年人

时间，时间在奔跑，
它如同一匹骏马；
青年人，跳上马镫，
英勇地骑上它。

让巨人的步伐，
胜过雷声和劈电，
来一个大踏步，
跨过长河，登上高原。

青年人一定要掌握，
科学和原子能，
要用电力转动大地，
要完成万里长征！

为山区写的话[1]

弹起你的弦子来，
坚强的山里人！

我听见你的弦琴，
像瀑布似的，响铮铮。

你们挥起巨斧，
能把山崖劈开；

你们唱起歌声，
能把石头惊醒。

---

1. 我们祖国的山区，有一位青年，只上过两年小学，在他参加村剧团以
   后，学会了使用多种乐器：有弦的会拉，有眼的会吹，有键的会弹，
   还学会了识简谱，成了剧团的导演和音乐教员。

篷帐和星光

父亲没有留下遗产，
毛主席使我有了手[1]。

兄弟呵，不但是这样，
你还有雪白的篷帐。

篷帐上面，已经亮起
合作化——集体的星光。

---

1. 这是一位少数民族贫农自己说的话。

给藏族歌手

穿的是蓝色的长袍，
戴的是赤红的珠宝；
宝石似的脸膛上，
眼睛像泉水一样。
高原的女儿，歌唱吧，
伸出你的金手来吧，
让幸福的鸟在森林上
展开它美丽的羽毛。

贫穷的根源

不要让私有制度
这一棵万年枯藤，
拴住你们的命运，
绊住你们的脚跟；
喝那么几口死水，
守那么一口古井。
朋友，快骑上铁牛吧，
参加集体的耕耘。

一座大桥

那边是一条小路，
独轮车东歪西倒。

这边是一条大道，
拖拉机四面欢叫。

合作化是一座大桥，
来吧，朋友，到这里来，
——我们一同播种，
　　我们一同收获。

唱吧，青年人

一

金鸡呵，飞到树上，
叫过了第一声。

党中央和毛主席，
把蓝图交给你们。

第一个五年计划，
要超额地来完成。

劳动增加了一分，
光景会添上十寸。

二

白杨树下，篱笆旁边，
是自由与和平。

长江，这是铜笛，
黄河，这是手风琴。

唱吧，唱吧，青年人，
攀上云彩和星星。

把琴拉响，把铜笛吹响，
在党的号音中前进！

1956 年 1 月

第六辑：一杆红旗

——长诗

上部　河边

一

一杆红旗到长城，
高山上有八路军。

红旗插上长城，
照亮高山大川。

高山上八路军，
骑着红马直奔。

一杆红旗十匹马，
千山万水喊欢迎。

二

一杆红旗十匹马，
千山万水喊欢迎。

红马上的红旗，
飞过万里长城。

马上打红旗的人，
并不是什么神仙。

马上打红旗的人，
也不是什么侠客。

他们这一班战士，
就是拿枪的农民。

他们跟了毛主席，
要做翻身的主人。

三

长城好比是古琴，
他们好比弹琴人。

老的曲调都不弹，
要弹一曲新歌音。

只要祖国能自由，
哪怕热血流成河。

哪怕热血遍地洒，
勇士要唱翻身歌。

拒马河虽然宽，
马也要跨过去。

毛主席的命令，
高山也挡不住。

他们这一班战士，
骑上红马飞着走。

一杆红旗十匹马，
到了平西野三坡。

四

野三坡这地方，
倒也有些古怪。

这是一块飞地，
说是涿州代管。

它像世外桃源，
又不在世界外。

多少年多少月，
不和外界往来。

老百姓不知朝代，
中华民国没听过。

到民国十八年，
才知道有民国。

不知道要抗日，
只知道野三坡。

野三坡没有政府，
三个老人算是官。

三个老人算是官，
从来不纳粮和款。

清朝时三个老人，
到过北京献过布。

五

野三坡的三道沟，
三道沟通三个县。

三个县分当中间，
百十个村三条山。

山也高呵河也宽，

遍地长着核桃树。

核桃树老上加老，
一棵树枝有碗粗。

他们这一班战士，
到了这里好惊叹。

高山大水天天见，
这种地方不大见。

六

一杆红旗十匹马，
战士头上顶月亮。

红旗索索马蹄响，
影子照在河水上。

风不吹狗也不咬，
哪儿也不见村庄。

村庄埋在高山里，
有了太阳难见光。

一杆红旗十匹马，
踢踢踏踏转了弯。

哪知就在半空中，
陡然响起一声枪。

七

秦班长抬头一望，
有个悬崖在身旁。

他右边是悬崖，
他左边是条河。

他很快勒住马，
取下肩上的枪。

战士也下了马，
枪都捧到手上。

就在这片刻间，
悬崖上枪又响。

枪乱响马也乱跳，
马背上一片火光。

有如海船遇了险，
海上刮起大风浪。

有如晴天下暴雨，
一时来不及遮挡。

咱们这一班战士，
十个有九个伤亡。

有的滚到河水里，
有的挂在山坡上。

战士的心并没有死，
变成了高山和大水。

战士仍然抱着枪，
长睡在那高山旁。

河里水山上月亮，
也落下痛心的泪。

河里水山上月亮，
也要替死者悼丧。

八

秦班长还没有死，
火光中他骑上马。

哪知马也滴下血，
瞪着大眼不开步。

班长又和他的马，
倒在大核桃树下。

山上山下昏沉沉，
仿佛是在做梦吧？

九

山上月亮还挂着，
英雄热血还没干。

山上那打枪的人，
三五成群下了山。

下山来的这伙人，
当中有一个枪手。

枪手名叫赵拴有，
有人叫他赵狗狗。

狗狗枪法很不错，
年青漂亮好小伙。

狗狗头发半尺长，
铜丝压在头发上。

脸上发红身材笔直，
大眼珠子是乌黑。

蓝布衫子红腰带，
蓝晶晶又红簇簇。

衫子盖到腿巴柱，
这还是明代装束。

还有一个大铜环，
铜环戴在他右手。

两眼好比酒杯大，
亮通通又活溜溜。

如同两个月亮，
挂在一个山头。

狗狗边下山边喊，
叫把尸首扔下河。

火把照着赵狗狗，
他走过大核桃树。

他们都往河边走，
忽然火把照回头。

秦班长半死半活，
抬起脸来叫老乡。

秦班长告狗狗，
说他是八路军。

怀里揣的那红旗，
红旗掏来给狗狗。

赵狗狗哈哈大笑，
伸手夺过红旗去。

"你不是八路还好，
要是八路还了得？"

有人说要问问他，
他为啥来到三坡？

有人说不要啰嗦，
干脆把他扔下河。

有人又说别忙哩，
问他为啥打红旗？

孙大户一声吆喝，
马上把秦班长捆住。

一〇

狗狗忽然发了愁，
左盘算右也盘算。

这是为的孙大户，
还是为的大家伙？

这是为的孙大户，
还是为的野三坡？

牛娃是他好伙伴，
悄悄过来问狗狗：

"狗狗咱们别糊涂，
别给地主耍骨头。

"孙大户发下了枪，
硬叫佃户守三坡。

"可是这山上的树，
咱们哪儿有一棵？

"咱们自己开的地，
哪儿有咱们一亩？

"山上也有千条路，
这路咱们不敢走。

"山上也有千条路，
千条路他一家走。"

狗狗迈了一个大步，
枪杆敲着核桃树：

"我是给野三坡卖命，
不是给孙老财要骨头。

"反正他妈的是死，
没有路走拿头换。

"孙大户我不要他，
野三坡我还要呵。"

一一

赵家崖的枪手，
亮着火把上山坡。

秦班长被抬上山，
抬到村边庙里去。

第二天天晌午，
村里咚咚响起鼓。

桌子摆在大树下，
桌上摆起大碗酒。

一村的人走出来，
庆贺他们赵狗狗。

狗狗媳妇赤着脚，
胸上围着红兜肚。

红兜肚，长又宽，
银耳坠像大白兔。

两手扶着核桃树，
嘴上哼的是山歌。

"我嫌你好喝酒，
我怕你不爱我；

"咱们俩格不住，
你拿枪打死我；

"打死别人要偿命，
打死我再娶一个；

"狗狗我是唱的玩，
你是我的好丈夫。"

一二

村里老财孙大户，
他是山上大石头。

石头底下有青草，
青草年年不能绿。

他是山上大石头，
一片高山他占住。

高山也有好树木，
他要树木挡风雨。

孙大户走到树下，
手上捧着一碗酒。

左手捧着大酒碗，
右手摸摸嘴上胡。

"狗狗媳妇我问你，
谁是你的好丈夫？我！"

狗狗马上冒起火，
把枪交给孙大户。

"你有本事打死我，
我宁死不受侮辱！"

佃户谁也看不过，

都替狗狗伸出手。

孙大户赔了赔礼，
事情勉强就结束。

下部　红旗插到树上

一三

一杆枪一把酒壶，
赵狗狗坐在岩上。

他说：守不住野三坡，
自己砍自己的头。

村里送他一面旗，
黄色绫子绣的虎。

啥时候他高起兴，
他把黄旗挂上树。

一四

一天高山扑通响，
村里来了李货郎。

货郎一见赵狗狗，
心上就有了个数。

他摇一摇拨浪鼓，
一步一步走过去。

这个问抽不抽烟，
那个问喝不喝酒。

一袋烟的工夫，
两个人成了老相识。

货郎嘴上热乎乎，
说八路军有天好。

"八路军像太阳，
走到哪儿哪儿红。

"又打日本又减租，
家家户户享幸福。"

货郎的话没说完，
狗狗说："我跟你走！"

货郎敬狗狗一寸，
狗狗敬货郎一尺。

这个说"要下山"，
那个说"留下住"。

一五

李货郎和赵狗狗，
晚上喝了半夜酒。

货郎说："我是八路，
狗狗你相信不？"

狗狗一听这话，
半天不好开口。

好比月亮蒙上雾，
狗狗两眼紧打转。

好比河里水急流，
狗狗心上打漩涡。

好比空中下暴雨，
狗狗胡髭打哆嗦。

狗狗自己心上问，
你和秦班长是一伙？

一六

狗狗捧起大碗酒，
酒碗晃着大眼珠。

如同园里那葫芦，
老是低低垂着头。

如同风吹树叶，

叶子响树不动。

他心想："货郎呵，
咱俩为啥对面坐？

"你知不知道我，
我和你有冤仇？

"要是你知道这个，
咱俩算不算朋友？

"咱俩同喝酒，
是仇人，是朋友？"

狗狗望着酒碗，
货郎望着狗狗。

货郎心上也在想，
心上波浪来回转。

"别看你敬我的酒，
也许你就是凶手？"

一七

月亮还没上山头，
两个人把酒喝完。

李货郎笑一笑，
双手捧着空碗。

狗狗出门找财主，
要问东家借酒去。

东家心上有把锁，
掏出钥匙也难开。

东家脸上酸溜溜，
叫狗狗过意不去。

东家问："你请啥客？
没酒还要拼命喝。"

狗狗答："再借半碗，
明天咱又买去。"

东家问："哪来的客，
还不是你赵狗狗？"

狗狗答："来的这客，
和秦班长是一伙。"

东家说："那还了得，
快给我把他抓住。"

狗狗说："怕抓不住，
他说他是八路军。"

东家说："怪事怪事，
八路军要占野三坡。"

狗狗说："山虽高呵，
头上的天遮不住。"

这时东家挎上枪，
他跟狗狗一路走。

东家问："来的这客，
他长翅膀没有？"

狗狗答："没长翅膀，
可是人家会飞。"

东家问："有几条腿，
他是人还是鬼？"

狗狗答："他像神仙，
就是我也钦佩。"

赵狗狗回了家，
忙问："客人在哪？"

狗狗媳妇也问：
"没和你同出去？"

东家说："哪来的客？
就是你想骗酒喝。"

东家走出门去，
李货郎伸出头。

李货郎笑一笑：
"柜里睡觉不赖。"

马上酒碗叮当响，
两人又把酒来喝。

一八

高山上的太阳，
太阳出山一盆花。

赵狗狗笑哈哈，
坐在大核桃树下。

空中飞来一只鸟，
狗狗拿枪要射它。

李货郎心上猜想，
怕你本事没到家。

哪知一举起枪，
飞鸟落在庙上。

一个说鸟早飞啦，
一个说鸟已射下。

一九

大庙就在村旁，
一座院三间房。

左边的那间房，
关的是秦班长。

门上有一道铁锁，
他想出门是空想。

秦班长听见枪响，
正在窗边瞭望。

忽然一只死鸟，
落在那窗台上。

他把手伸出来，
捉住鸟的翅膀。

勇敢的秦班长，
嘴上唱了一唱。

"鸟呵飞吧，飞吧，
你还有一对翅膀！

"天空比高山更宽广，
高山挡不住太阳！"

二〇

赵狗狗和李货郎，
急忙忙地进了庙。

庙里两棵大松树，
枝叶长得比屋高。

两棵松树都是树，
就是栽得不一路。

两棵松树都是树，
树上枝叶不相识。

秦班长一见狗狗，
心上恨得不得了。

赵狗狗心上没事，
脸上倒是挂着笑。

秦班长说："赵狗狗，
我送你这只好鸟。

"这只鸟它姓秦，
姓秦的像这只鸟。

"好鸟死也在山上，
我死也是八路军。

"可是我呵死不了，
我的心永远活着！"

狗狗答不上话，
心发痛眼发呆。

他想自己是好人，
叫人看成是强盗。

不是他不开门，
钥匙他拿不到。

不是他要害人，
他给东家做活。

狗狗答不上话，
他问货郎怎办。

货郎一见秦班长，
又是痛来又是乐。

一个站在窗里，
一个站在窗外。

如同隔着一条河，
要过河，没有船。

如同隔着一条河，
要过河，没有桥。

他心上痛得很，
他反而哈哈大笑。

"我是来找你的，
秦班长你等着。"

二一

赵狗狗是佃户，
租种了三亩地。

三亩地不够吃穿，
他才当一个枪手。

当枪手东家照顾，
有时候还送壶酒。

往年狗狗这么想，
只要有饭吃就算。

活几天喝几天酒，
死了就去睡黄土。

他媳妇和他说过，
"你不该干这个。"

狗狗说："不干这个，
到哪儿去找饭碗？

"这高的山这大河，
咱走不出一步路？

"这高的山这大河，
它活活地埋下我！

"活人当作死人看，
骨头当作泥和土。

"头上压着千斤石，
石板不动难抬头。

"只要哪儿有个缝，
我也想要钻出去。

"只要吹起一阵风，
我也要跟着风走。

"别看我是糊涂虫，
我也有我的打算。

"别看我是穷骨头，
这是高山好树木。

"没有我山不能长，
没有我水不能流。

"有人肯来拉拔我，
高山也能把它搬走。

"死死活活我不管，
大伙救我我救大伙！"

二二

这时候三个人，
各想各的心思。

赵狗狗眼一闭，
背靠在松树上。

他两手扶着枪，
头搭在枪杆上。

他想货郎是鬼，
缠得我好几天。

又想货郎是神仙，
讲的道理真是香。

不管狗狗怎么想，
还是欢喜李货郎。

李货郎好比太阳，
照在狗狗那心上。

赵狗狗把头一抬，
把枪挎到肩膀上。

他走到货郎身旁，
求货郎帮他的忙。

他要货郎帮他的忙，
货郎要他救秦班长。

二三

两人赌了一回咒，

死活要做好朋友。

"太阳是一个证人，
谁卖朋友没路走；"

"太阳照着你和我，
谁也不能卖朋友；"

"咱们要共一个太阳，
还要共一块土。"

三句誓言一说完，
狗狗捣毁那窗户。

解铃还须系铃人，
狗狗叫班长逃走。

秦班长跳出窗户，
三人一同下山坡。

三人一到拒马河，
赵狗狗忽然大哭。

赵狗狗伏在河岸上，

嘴上喊："快杀我!

"我杀了你们的人,
你们该杀了我!

"你们要是不杀我,
我自己跳下河去!"

秦班长见他哭,
心上倒也难受。

他最恨赵狗狗,
这时候心也发软。

他猜想那赵狗狗,
不是仇人是朋友。

他把赵狗狗抱住,
眼泪合在一起流。

货郎本是侦察员,
他也露出真面目。

货郎说:"不怪你,

可也怪不了我。

"不怪你呵不怪我，
怪只怪那狗财主！"

二四

傍着高山和大河，
山河当间一条路。

傍着山靠着河，
三个人往西走。

三个人心上都在问：
哪儿来的这冤仇？

咱们的一班战士，
究竟伤在谁的手？

高山好像在回答：
这笔老账没法算。

河水好像在辩白，
你不来算自有人管。

反正岁月是证人，
真情绝不会淹没。

拨开云雾见青天，
河水一落石头出。

二五

宋支队开到三坡，
野三坡换了天日。

野三坡那狗财主，
自己把头吊上树。

老百姓恨死了他，
他死了谁也不管。

尸首吊在树枝上，
乌鸦来咬他的头。

这些故事先停住，
再说咱们赵狗狗。

狗狗登上山坡，
举起刀枪抗日。

枪上一杆红旗，
迎着青天飞舞。

狗狗站在岩上，
岩边是核桃树。

核桃树没有换，
狗狗换了一个。

悬崖也没有变，
狗狗变了一个。

赵狗狗和老百姓，
已经知道争自由。

世界上谁来压迫咱，
咱们要把他打倒！

赵狗狗和老乡，
现在才算勇敢。

现在无论死和活，
为自己也为大伙！

二六

一杆红旗照三坡，
高山咚咚响起鼓。

男女老少到庙上，
庆贺咱们赵狗狗。

狗狗埋下一颗雷，
炸死敌人一大伙。

功劳虽是大家有，
狗狗的功劳最多。

他不笑他也不言语，

背后紧靠着那松树。

忽然说：赵狗狗，
这是将功折过！

要是没有共产党，
咱有路也不会走！

要是没有八路军，
咱们哪能抬起头！

狗狗把红旗一举，
红旗插上核桃树。

红旗下锣鼓咚咚，
高山上红旗飞舞。

这是抗战开始的故事，
我记得赵狗狗更记得。

1949 年 12 月初稿写于北京